www.casterman.com

ISBN 978-2-203-00803-8

ZOÉ et THÉO

découvrent la ville

Catherine Metzmeyer & Marc Vanenis

casterman

Zoé et Théo marchent les yeux baissés.

Ils ont si peur de salir leurs baskets neuves !
Pourtant en ville il faut faire bien attention !
Il ne faut surtout pas traverser quand le feu est rouge !

En ville, on croise des géants pressés qui bousculent.

Mais aussi des enfants qui vous reconnaissent !

Sur le trottoir, on trouve de tout ! Des poubelles qui débordent, des crottes de chien.

Mais surtout des pigeons gloutons et froussards.

Et souvent en ville, on admire une belle vitrine
au lieu de regarder devant soi !

Et bing patatras, Zoé l'étourdie n'a pas vu une enseigne !

— Comment vas-tu, ma puce ? s'inquiète maman.
Une dame accourt : — Entrez dans ma boutique soigner cette vilaine bosse.

Quelques minutes plus tard, Zoé se sent bien mieux.
Elle est très fière de son énorme pansement !

— Wouah tu as vu Zoé ? Nous sommes dans la confiserie de Dame Tartine. Il y a tous nos bonbons préférés !

« Dingeling » chante la porte quand ils ressortent.
Dame Tartine leur a offert deux sucettes géantes.

En ville, tout à coup, les passants s'écartent, font des grands sourires.

— La prochaine fois, Zoé, essaie de tomber devant un magasin de jouets. Je rêve d'un ours en peluche géant.

Imprimé en Espagne.
Dépôt légal août 2007 ; D.2007/0053/511
Déposé au ministère de la Justice (loi n° 49.956 du 16 juillet 1949 sur les publications destinées à la jeunesse).